真的差点忘记了

黑背◎绘

CPPH 中国画报 出版社
CHINA PICTORIAL PUBLISHING HOUSE

钢丝床

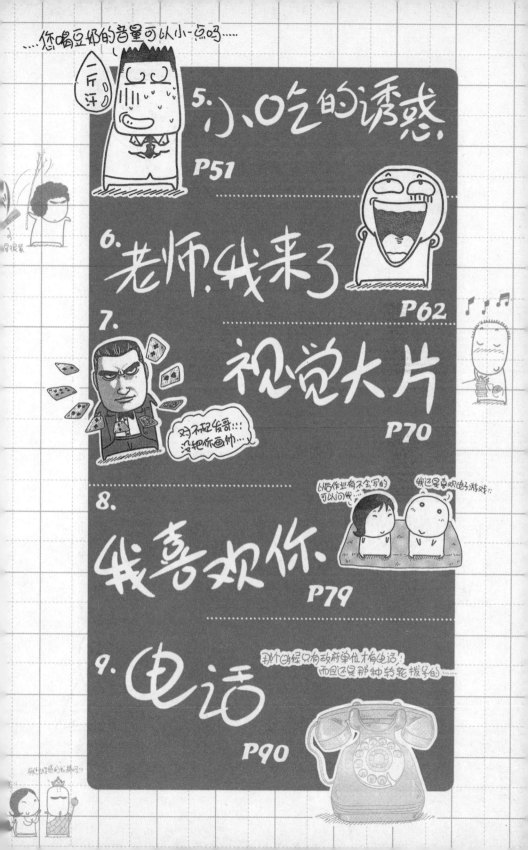

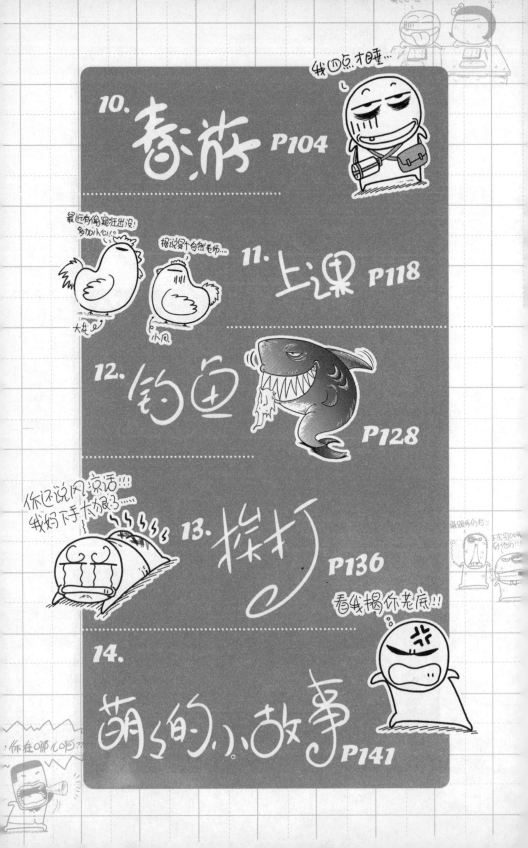

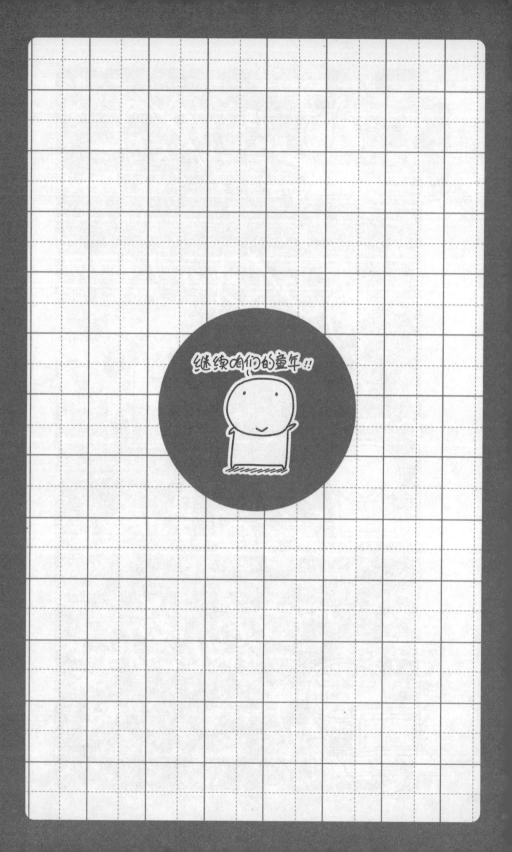

学校安排男女同桌的目的
也许是为了增进同学之间的友谊！

但是不知道从什么时候开始,桌子上出现了一条线,这条线就叫"三八线"……

十八碗豆K……

太夸张了……

想当年,我也『三八』过……——假装可爱

三八线，又是一痛苦回忆。小时候，我也被摧残过……——REBORN

老师也经常制止由"三八线"引起的事故……

胖5怎么可以这样！
下手太重了！！！

下次换个轻点
的东西……

不过说归说，"三八线"是永远不会消失的……

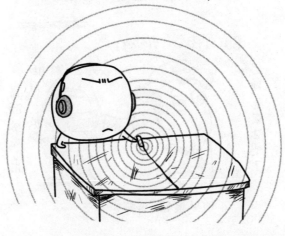

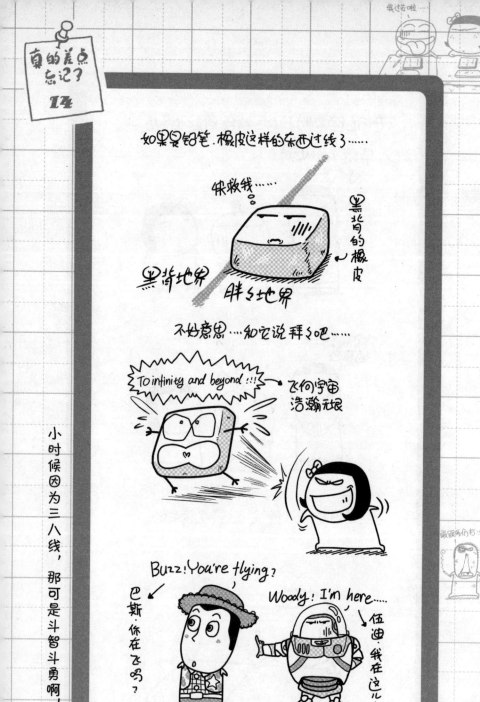

小时候因为三八线，那可是斗智斗勇啊！——TIA

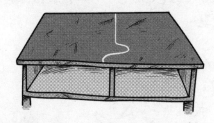

当然也有和睦相处的"三八线"!

长大后看到以前的"老对手";
我们还是会很热情地喊一声"老同桌"!!

老同桌!好久没见啦!!

是啊!哈~······

也许这才是真正的友谊所在!!!

老实说!刚才的"芝麻脸"是不是和你有一腿!!!

小学的同桌而已······

什么叫三八线？在我们那个时候就是女生占桌子的80%。——后知后觉

纠结的三八线

反观现在的社会.因为自家宅基地被邻居
多占了一砖地而反目成仇:甚至打得头破
血流……

都是成年人了.为什么心态还不如小学生呢!!

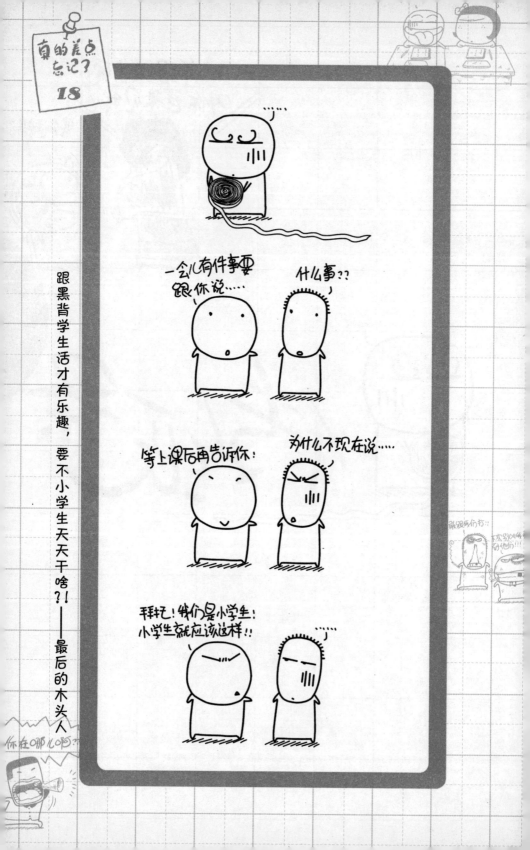

真的差点忘记？
18

跟黑背学生活才有乐趣，要不小学生天天干啥?!——最后的木头人

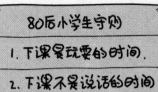

80后小学生守则

1. 下课是玩耍的时间.

2. 下课不是说话的时间.

3. 上课是捣乱的时间.

4. 以上守则适合男生.

可是我在第一排,老李在最后一排!!
该怎么告诉他呢??

`我    同学甲   同学乙   同学丙   老李`

遇到这种情况,传纸条就是最佳选择!!!

小板凳、小桌子,好熟悉啊!哈哈,还有黑大那猥琐的表情!——提拉米苏

传纸条

哈哈，我也干过呢！不过那时候我们的纸条不是陆运的，是空运的，只见一团纸划着完美的抛物线从教室一端飘到了另一端。——梦眼

于是，一张带有紧急情报的纸条，从第一排畅通无阻地传到了最后一排……

这中间体现了同学之间互助友爱的精神!!

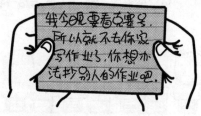

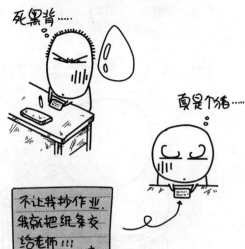

但是什么事都有失手的时候……

万一不小心传到值日生手里……
那就等着挨批吧……

终于让我抓到一个！！！
下课报告老师去！！！

不过，我们也有故意传到值日生手中的时候！！

谁在上面抹这么多青鼻涕……

不过传纸条有一个禁忌：
男生千万不要传纸条给女生……

否则这两个人的关系可就说不清道不明了……

也有情窦初开的男生会对某个女生产生好感，
于是……

已经被带坏的小彦

写上"我喜欢你"或者"我爱你"的纸条，偷偷塞到心仪女生的文具盒里……

原来我这么受欢迎啊……
可是……

事实证明，黑背从小就是个很精的孩子。另外两个男生只说『我喜欢／爱你』，黑背却搜搜地问：『你喜欢我吗？』——啵啵

女生一般都把喜欢的纸条留下，把不喜欢的交给老师。告老师可是女生的杀手锏！——小妖

他们中有我喜欢的……可也有我不喜欢的……真是羞死人了………

虽然不用自我爱你的真正含义，但是那种儿童时代初恋的感觉也许会伴随我们一生……

女生看完纸条，无外乎有两种结果……

好吧，决定了……

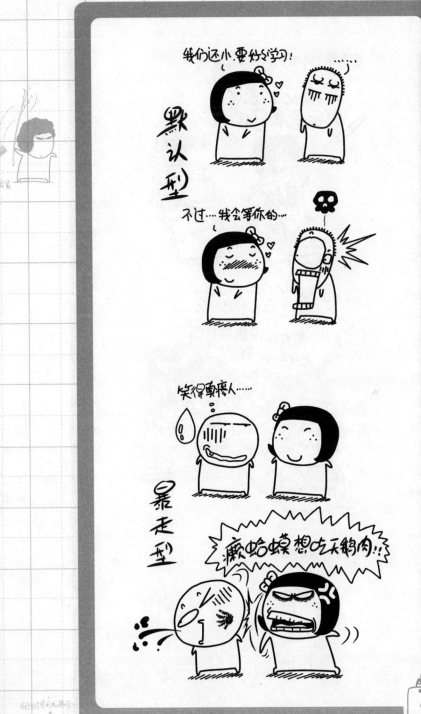

唔……唔……

小学四年级的时候，学校门口有个摆摊的，在钢丝床上摆满了日本漫画……

钢丝床

例如《圣斗士》《七龙珠》《北斗神拳》……
这里对我来说简直就是天堂！！！

长大后，我要当一位——
画漫画的！！！

当时也就这点出息……

你怎么就这点出息……墙裂 RS！——小肥牛儿

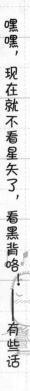
嘿嘿，现在就不看星矢了，看黑背咯！——有些话

哇哦～

好不容易从网上找到的部分封面，大家慢慢回忆啦！！

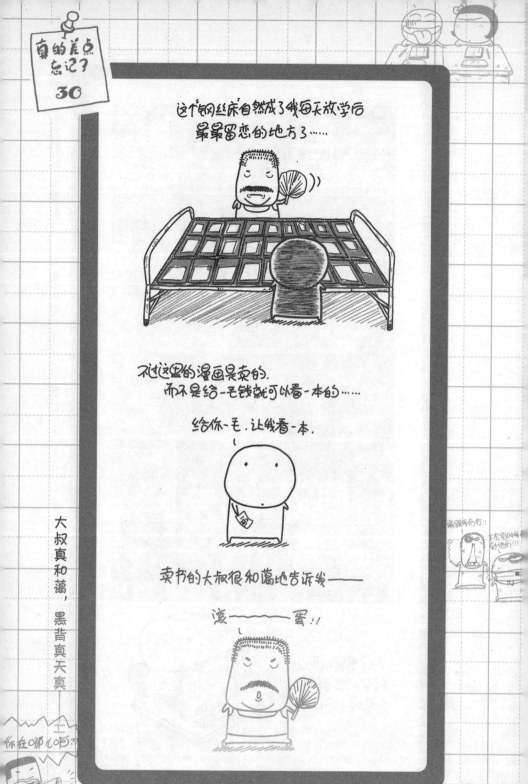

当时的《圣斗士》每本1.9元，5本为一卷，不单卖……
合计就是9.5元……

-张"大团结"才能买
一卷漫画……

对于小学四年级的我来说，
9.5元无疑就是一笔巨款……

我有一毛钱！

我有1元钱！

我有"大团结"！！！

平民　　富有　　肯定是偷家里的……

于是我作出了一个大胆的决定——天天攒钱！！

以后再也不敢偷钱了……
差点被老爹打残……

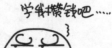
学我攒钱吧……

每个礼拜省下的早饭钱还不到一元钱……
一个月下来连⑩元钱都攒不够……

有问题哦……
是我最近胖了, 还是你
最近瘦了……

看着那惹眼的漫画, 我又做出了一个大胆的决定!!

这天早上我在上学前……

老爸的衣服

要不是有黑背为我拾回童年, 我差点以为自己生下来就这么颓废了! 谢了, 黑背! ——女子·遗失

我从老爸的衣服口袋里抽了一张10元钱……

以后再也不敢偷钱了……
差点被老爸打残……

在去学校的路上，
我心里翻腾不已……
充满了犯罪感……

10元

漫画书的悲剧

不知不觉来到卖漫画这里……我就蹲了很久很久……
都蹲了二十分钟了……

老板看我蹲了这么久怪可怜的，于是就问我……

买不买？不买就……
滚————蛋！！

经不起老板的利诱……我还是走错了一步……

你们再吊！老子
拿钱砸死你！！！

遇到有钱
的主了……

当时的心情我到现在都还记得♥

再见——……
有空您常来啊！！！

我会好好爱护你们的……

找的零钱

可是在学校的半天里，我的心情同样无法平静……

立即枪决！！

啪

犯罪

漫画书的悲剧

放学回家后终于鼓起勇气
把漫画书放到老爸面前承认错误……

我错了…你打死我吧…
……

不过想不到的是老爸居然没有揍我……

下次记得对卖书那
家伙再凶一点!!!

哎???

其实从我早上偷钱到买书，老爸都知道……

不愧是我儿子!!

你们再吵!老子
拿钱砸死你!!!

遇到有钱
的主了

偷钱跟在后面

他说他闭着眼都知道我干了什么坏事……——黑背

七岁的爹地很像侦探！——风树之叹

老爸不愧是当老师的，
几句话就说得我痛哭流涕……

猜猜我老爸说的什么！

我知道错了!!
再也不敢有下次了!!

然而我买漫画书被值日生看到了……

好哇!!买漫画看集报告老师!!

黄雀在后…

不愧是我儿子!!

偷偷跟在后面

你们再吵!老子拿钱砸死你!!!

遇到有钱的主了……

结果我们那个BT班主任让我把漫画拿到
学校!然后给没收了……木人性o阿!!!

黑背下次再多买几本o嘛!!

班主任的儿子

o猫拉个o咪!!那是老子的漫画!!

漫画书的悲剧

可怜天下父母心，老爸知道后，又专门给我买了一整套……

原来天上有88个星座，还有青铜，黄金之说……

不是做梦吧……

一整套《圣斗士》

老爸这样做，不是助长我看漫画，而是从侧面教育我……

想要什么，一定要跟家里说！但是不能偷，如果家里偷不到钱，就会去偷外面的钱！那个时候，就会有专门的人来惩罚你！！！

接上一页！你猜对了吗？？

我知道错了！！再也不敢有下次了！！

以后再也不多嘴了……

有时候我一直在想：如果那天老爸打了我，我还会喜欢漫画吗？？？还会有今天的黑背吗？？？也许您的一巴掌会抹杀一个天才……

没错！这个就是小孩！！

黑背爸爸真是国宝啊……欣赏

从上学前班到大学,我经历过各种各样的老师…

快写作业去!!

有路路为人师表的!!

貌似第一位老师使的是弹指神功啊！——黑背

看来你也领教过！——某黑米

也有心术不正勾引小女生的……

老师教你生理卫生哦::

咸猪手

甚至还有不学无术勾搭男生的男老师…… 凸‖‖

把裤子脱了! 老师帮你检查一下……

但是真正让我又爱又恨的是我小学四年级的班主任老师……

先说说恨……

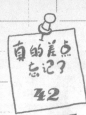

看黑背的漫画感触很深，回忆多多啊！——幸福的小乞丐

每到放假的时候，她一定会给我们布置一大堆作业……

每到放假，我这生意就过奇得好！

小卖部老板

那我是不是还得谢谢你了……

真的是感谢你们的老师啊！！！这作业本就按批发价给你！！！

课文不会背！放学后留下来，直到背会了再回家……

都凌晨两点了！我儿子还不见回来！！

别紧张，有五个家长来报案了！我们已经调查了，是被留学校了……

作文有错字，就将整篇作文罚写十遍……

如果说我的漫画里有错字，
就把漫画画十遍……那就要死人了……

作业没写完，叫家长来……

对不起，我会好好
教育他的，……

上课迟到了，叫家长来……

对不起，我会好好
教育他的，……

上课说话,叫家长来……

对不起,我会好好教育他的……

上课做小动作,叫家长来……

对不起,我会好好教育他的……

考试不及格,叫家长来……

老黑,你最近是不是调到小学做老师了?怎么天天都往那也跑??

滚!!

黑爸都无奈了……黑背很折磨人哪!——萍萍

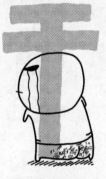

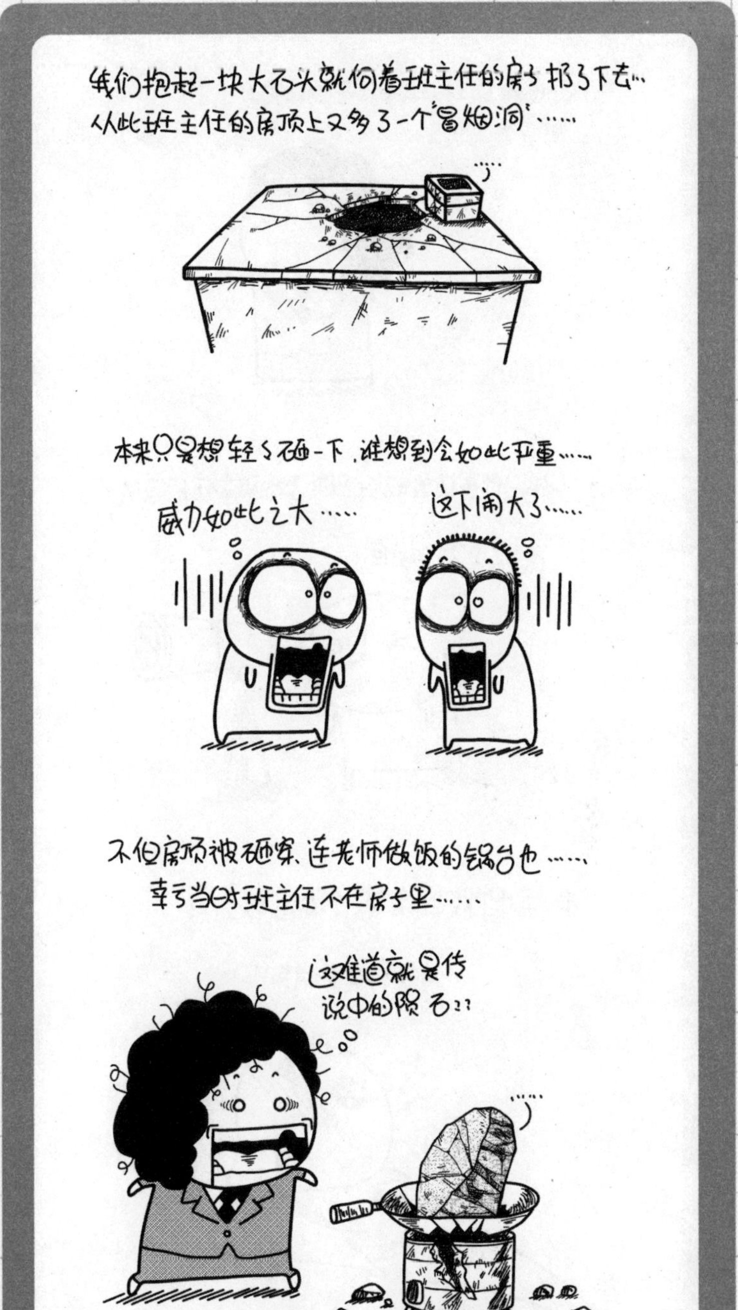
我们抱起一块大石头就向着班主任的房子扔了下去…
从此班主任的房顶上又多了一个'冒烟洞'……
本来只是想轻轻砸一下，谁想到会如此严重……
威力如此之大……
这下闹大了……
不但房顶被砸穿、连老师做饭的锅台也……
幸亏当时班主任不在房子里……
这难道就是传说中的陨石？？

如果真是陨石，赶紧让你班主任去买彩票吧！——衡水湖畔

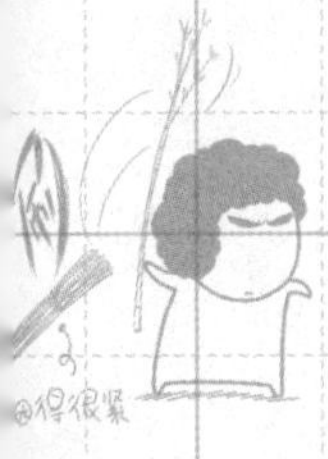

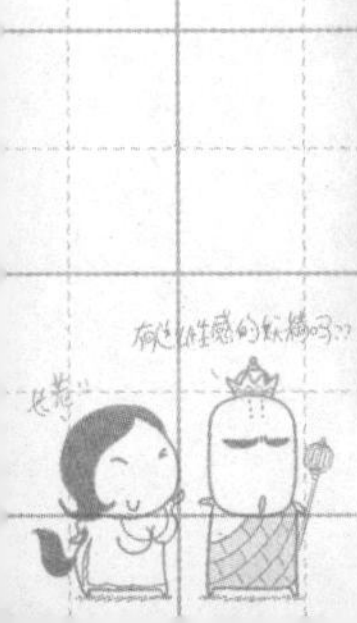

那张黑背喊着终于放学了的画，太可爱了，好像花仙子！——菲尼克斯

下面再说说我对班主任老师的爱！！

只有一件事让我彻底改变了对班主任的看法！！

原来老李不穿内裤......

有一天中午放学，我第一个冲出教室！！

终于放学啦！！

结果一不小心把脚给扭伤了……

我疼得趴在地上哭，
而平时的"哥们儿"却哈哈大笑……
真是个大笨蛋!!

好疼……

贱甲→

←贱人乙

是班主任把我送到医院,挂的号,
然后她的丈夫在医院陪我,她去通知我爸妈!!

快去医院!!
你儿子快不行了……

我的班主任大人

无论班主任如何让我叫家长、罚我抄课本，
但她从来没有对我们说过粗口，更没有打过我们！！

让你的学生爱一辈子或恨一辈子，
都在您的一念之间！！

反观现在有的老师，变相体罚学生，
有的甚至还给学生造成了严重的身体伤害……

你敢上课说话！！！

我知道错了……

调皮是孩子的天性，他们再捣乱，毕竟他们是孩子！！！
而您是孩子心中的蜡烛！！！

这是什么玩意？？

我的耳朵！！

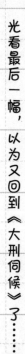

光看最后一幅，以为又回到《大刑伺候》了……怕怕！——啵啵

下面是我在大学课堂上发生的一幕……

在我的课堂上喝豆奶……
藐视我的存在……

春三十叔

这位同学，一看你就不是好孩子！——棒棒糖

寒光过后·寸草不生·粉笔落地·人头不保！！

这位同学！！

这是大学课堂上的故事!
不是因为我们嚣张!
而是只要别影响上课,老师都不会责怪学生!
当然了,喝豆奶发出声响是不对的……

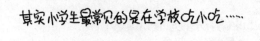

其实小学生最常见的是在学校吃小吃……

三分钱一小坨的
糖稀

一毛钱一大坨的
棉花糖

五分钱一杯的
米酒茶

当年学校外面的小吃可是数不胜数啊!!!
关于其他的小吃,大家自己慢慢回想吧!!!

小吃的诱惑

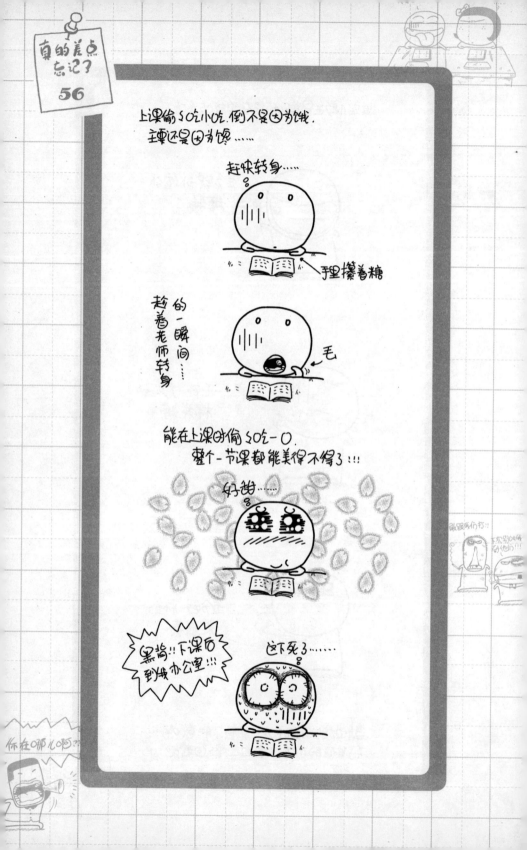

而值日生则是专门负责揭发那些放学买小吃的同学……

哈s，被我逮到啦！！！

你个倒霉催的……

芝麻糖

如果被发现了，我们就会贿赂值日生！！！

这袋瓜子给你！你如果告诉老师的话……

看你说的！咱们谁跟谁啊！！！

妙瓜子

老师也会用很直观的方法让我们不要买小吃……

吃了西瓜后，有一部分瓜子会随大便拉出来，外面卖的瓜子就是从大便里淘出来的！知道吗！！！

我日……

（这个方法还真能唬到）一部分同学……

其实当时的课本上也有介绍很多好吃的！
例如《金色的鱼钩》。
讲红军过草地时钓鱼做鱼汤的故事！！

从那以后,我疯狂地爱上了喝鱼汤！！！

咱家都喝了一年的
鱼汤了...换个口味吧...

我不嘛！！！

好啦！给你买鱼去！
继续喝鱼汤！！

嗯,！！

难道吃什么像什么？
如果我吃鱼也会游泳就好了！

乖乖

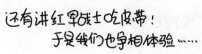

还有讲红军战士吃皮带！
于是我们也亨相体验……

傻孩子！人家是真牛皮带！
你这是人造革的……

骗人，除了咸味就
没其他味道了！！！

老爸这条是牛皮的尝了！！

你这还不如我的味道好！
你的皮带一股馊味……

味道不错吧！！

再到后来学到鲁迅先生的《孔乙己》，
从那以后又喜欢上了茴香豆！！

来啦！！

小二！来盘茴香豆！！

而且每次在吃之前总不忘在桌子上写个"茴"字……

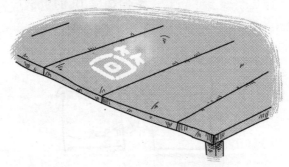

在外面别说你是我儿子，我丢不起这脸……

（黑背的错别字是从小就开始的……）

说起鲁迅，我又想起了他那篇《从百草园到三味书屋》，鲁迅在桌子上刻了个"早"字，成为一段佳话！

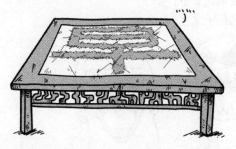

我也在桌子上刻了个"早"，结果被老师臭骂一顿……

同学们快看！黑背今天好"早"啊！！！

从此，我再也不"早"了！！！

昨天妇产科的一个新生婴儿没屁眼儿……

哦，我知道，那婴儿的母亲是个老师！！那个老师爱打学生的脸！

黑背骂老师也太绝了吧！人家就磕碜你一句，你就影响人家子孙万代，过分了嗖！——幽一杨

记得在上初中的时候.有一次上体育课……

64

那你就回教室吧……

这样就可以不上体育课啦？？

报告老师！我那个，也来咧！！！

你还是等下辈子吧……

哈哈，单纯的小男生！——小紫

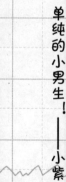

你在哪儿啊？？

男生成熟的标志是梦遗.
而女生成熟的标志则是"大姨妈"来了.

三藏,我赐你《大金刚经》一部:
《小金刚经》三部,《月经》十二部....

男生梦遗倒还好解决,因为是晚上,又是在被窝里....

大不了到了早上偷偷换条内裤就得了......

以后还是穿内裤比较安全....

老师,我来了

65

而女生就不一样了，每个月一连七天都得小心翼翼……
为此还出了不少糗事……

好日子舒服
日子舒服!!

简直就是胡扯……

有一次学校举行运动会，其中有一项是女子2000米长跑……

58

结果一个女生在跑第一圈的时候，
不该掉的东西掉出来了……

58

那叫一个糗啊……

当时居然还有个无知的白痴给人家提醒……

喂!你揿东西了!!

那个女生在跑第二圈的时候把那东西捡了起来塞口袋里然后继续跑……

加油!加油!!

后来那个女生就转校了……

白痴!白痴!! ……… 大白痴!!!

哈哈哈!我们班男生也犯过这样的傻!!!笑死了!——千年妖术师

还有一次是上课的时候一个女生把那东西
不小心摸在班门口了……而她居然没感觉到……

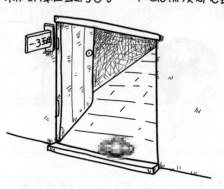

最恐怖的是在大学发生的一件事……

我们不适合在一起!
分手吧!!

吃干抹净了就分手::
你不仁,我也不义!!!

你在掏什么呢??

送你一件分手礼物!!

结果我那同学至今单身……心理阴影太大了……报应啊……

再见!!

告诫男同胞们两点。 ① 不要欺负女生！
② 女生不好欺负!!!

'血淋淋'的教训啊………

最后声明：这件事并不是发生在老李身上！！！

认识你是我这辈子最大的错误.靠!!

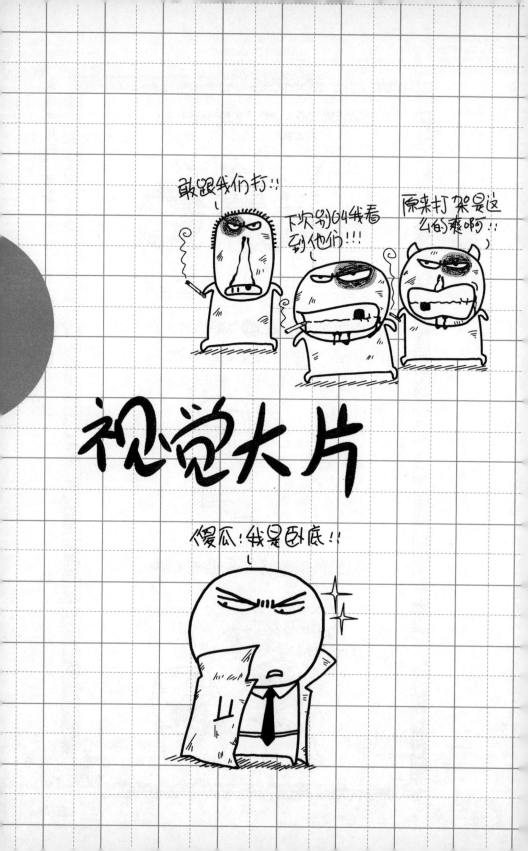

哇噢……

那个年代录像厅十分流行::

今日上映
《欲海迷生》
《蜜桃成熟》
香港火爆
三级片

呃……

例如周润发、周星驰、刘德华、张敏……
这些腕儿都是我们在录像厅认识的::

对不起发哥!!!
没把你画帅……

视觉大片
71

上初中的时候,我们的一位数学先师有一句口头禅……

我的娘吧:太刺激了……

有一次我和老李在录像厅看录像……

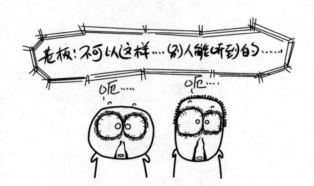

老板:不可以这样……别人能听到的……

呃…… 呃……

正看到刺激的时候,忽然传来一声……

我的娘吧!太刺激了!!

啊…… 哦…… 喔……

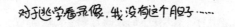
对于逃学看录像，我没有这个胆子……

今天要不要逃学看录像呢??

哇
小东西逃学看录像!!打死你!!

就算不是亲生儿子!也不能这样打啊……
寒

为虾米每次受伤的都是可怜的老李同志啊——点滴消逝

哈哈，网吧已经取代了录像厅。录像厅也成为那个时代的一个符号！

不过每到周六，大大小小的录像厅都会有通宵场!!

今晚通宵吗？　去!!!　也带上我吧!!

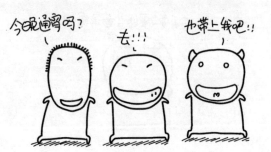

就是看通宵录像，其实到了晚上12点，我们就开始犯困了……

好困……　想睡觉……　太没意思了……

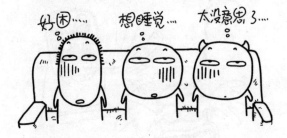

到了凌晨1点钟的时候，就已经歪在椅子上呼呼大睡了……

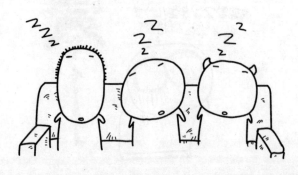

晨光

而每到凌晨两点多的时候，
录像厅就会拿出一盘"镇厅法宝"！！！

呃……？？

对于那些没有睡着的人来说绝对是大饱眼福！！

呃……？？

也有像你被里面激情的声音吵醒的……

呃??……

于是睡意一扫而尽！！肾上腺来着荷尔蒙直冲脑门！

这好像是男人成长的必经之路！——幺妹

视觉大片

经过一个小时的"精神过水"!!录像厅会休息一会!!

我的娘吔!太刺激了!!

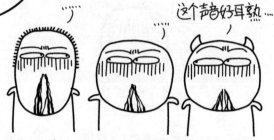

这个时候也该是去厕所的时候了,不过很少有人会
离开座位!为什么??
因为这时候正在让集于一点的血液回流……

充血中……

但录像厅并不是好地方,我第一次抽烟,
第一次打架,都是在录像厅……

敢跟我们打!!

下次别04我看
到他们!!!

原来打架是这
么的爽啊!!

这一页有点暴力哦!——不走的云

究竟要不要画出来……
也许会没命的……

其实黑背小的时候很少和女生说话！
是属于一说话，就脸红的人……

……这个……你喜欢……

脸红

但是却喜欢对女生恶作剧……

喜欢耗子吗？？！！

哇

黑背，你这是不是青春期提前啊！——闭着眼哭的鱼

经常这样.乐此不疲……
一次又一次.一次又一次……

喜欢小壁虎吗!!!

喜欢小青蛙吗!!!

最后我也被老师进行了一番深刻教育……

喜欢教鞭吗!!

我突然发现你除了当漫画家还有当「魔术师」的潜力!！好家伙！手里的东西变得一个比一个邪乎！——小肥牛儿

我喜欢你

从那以后，我再也没对这个女生恶作剧了……

跟你开玩笑嘛……
你就真报告老师啊……

有一天早上刚到学校，发现她正在弄自己的自行车……

原来是她的自行车链子掉了，
这活儿对男生来说太简单了！！！

咦，链子掉了啊！！
我帮你弄吧！！

谢了黑背！！

祥
黑嫂啊，木事儿木事儿……初恋时他们根本不懂『耐情儿』！

好啊黑背，黑嫂看了你不会跪键盘吧？

——岩岩吉

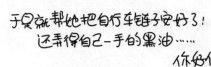

上学时和女孩子说话会脸红，现在怎么就不会了呢？——衡水湖畔

现在脸皮厚了呗……——黑背 ♪

于是就帮她把自行车链子安好了！
还弄得自己一手的黑油……

终于安好了……

你好像我家养的花猫啊，哈哈……

然后她就把自己的手绢给我用：
我的脸唰的一下又红了……

红→

快把脸和手擦干净!!

好啊你黑背……

被我们发现了……

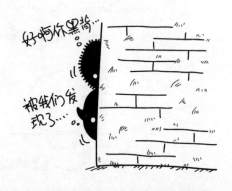

我喜欢你

83

看了老李的纸条后，我就一口答应老李了……

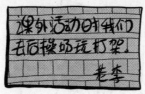

于是课外活动的时候，我就傻乎乎地跑到后操场。

去操场玩呢？？

是啊！！

玩得开心点哦！！

胖子今天笑得好诡异……

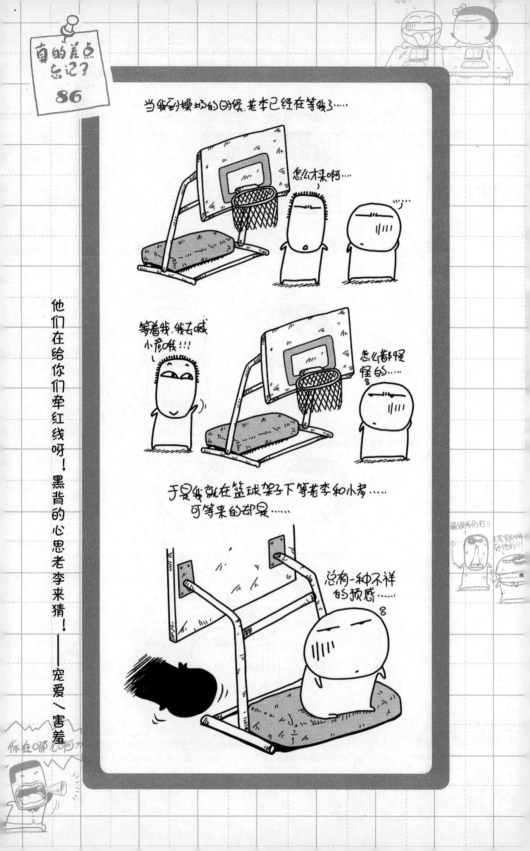

你们怎么才来啊!!

胖纸04我在这里等她一起跳皮筋……

哦,我也是等人的……

于是我俩就傻乎乎地坐着等人……
等不及了,我们就聊天!!

以后作业有不会写的可以问我……

我还是喜欢电子游戏!!

忽然老李他们从后面跳出来,又是拍手,又是撒花……
这时我才知道被他们捉弄了……

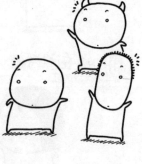

后来不知道是哪个生儿子没JJ的,
把这事告诉老师了……

居然有这种伤风败俗的事!!!

伤风

败俗

唉……那些已经逝去的青涩年华啊!——渊渊小猪

老师学着全班的面,批评我俩'不检点'的行为!!
后来我们就再也没有说过一句话了……

同学们!这就是伤风败俗!太不要脸啦!!!

所以好像一下子失去了些什么……
也许这就是所谓的初恋吧,很青涩,很单纯……

到现在还记得很清楚嘛!!!

都说了,画这个漫画会死人的……

恭喜你,生了个女儿!!

怎么不是男孩呢???

叮铃铃

现在电话实在是太普及了.基本每家都有!
有的一家有两三部也不足为奇的!!

现在诈骗也不好干!!老子
专门申请这么多电话都不行…

电话诈骗

在那个年代.楼上楼下.电灯电话.
是小康生活的标准!!!

我们家什么时候
才能是小康家庭??

我们家是"小糠"还差不多…

那个时候只有政府单位才有电话！
而且还是那种转轮拨号的……

有一次和老李一起去他妈S单位玩，那里就有一部！！
刚好他妈S去开会了，办公室就剩我们两个人了……

打话吧！你妈好有钱，贪了不少吧……

这话到你嘴里就变味了，！！

给我来一个号码！！
趁着没人，拨一个玩玩！！

这个是电话簿吧……

装电话那天，装电话的师傅本来说上午十点左右就到，可是都快十二点了还没到……

终于到了中午饭的时候，师傅来了……
不用说，这是要在家里吃饭喽……

家里好酒好菜的招待，一点也不含糊……

嘿嘿，那时候装电话还求爷爷告奶奶的。现在，是求爷爷告奶奶的让你装电话。买手机，充个话费还给你送手机。——嘟

当时有没有想杀人的念头啊？——静

说实话，有。——黑背

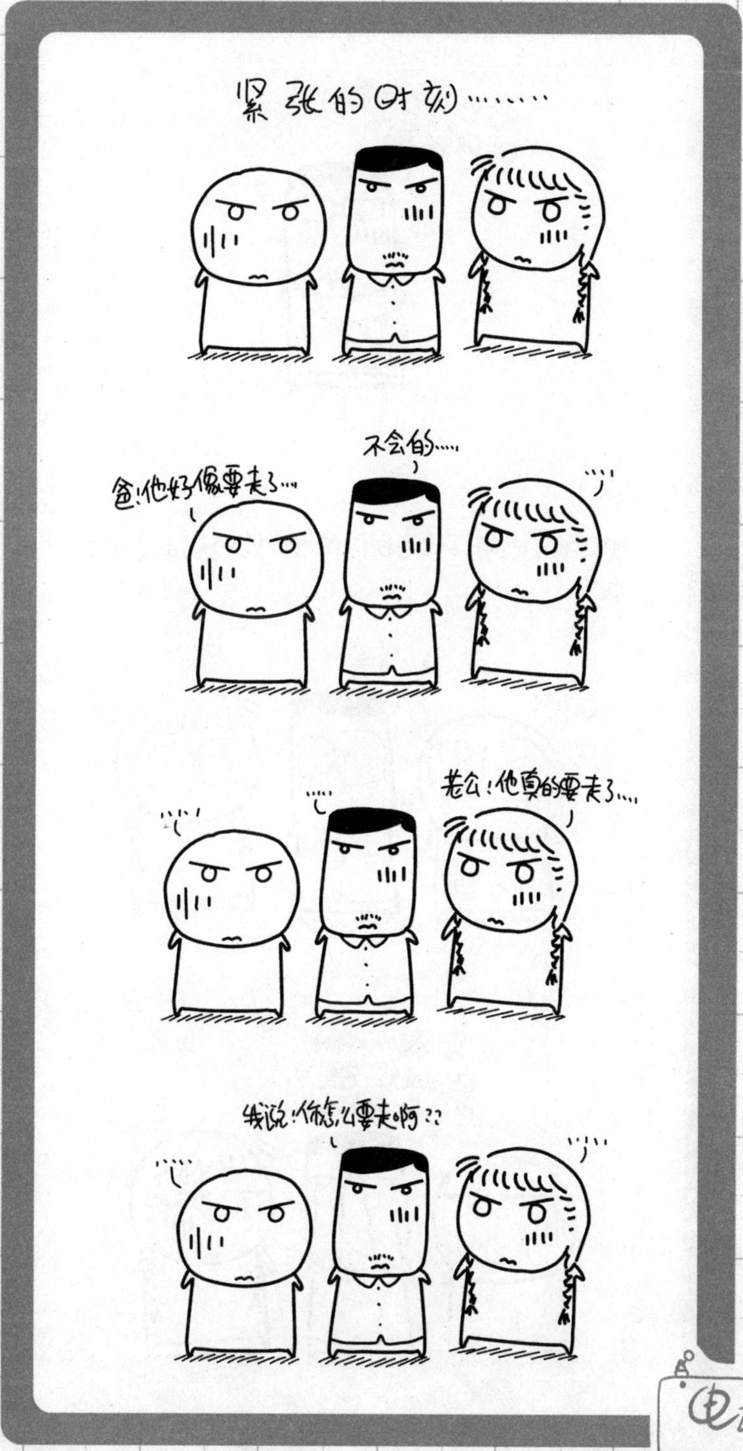

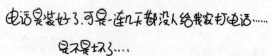

电话是装好了,可是一连几天都没人给我家打电话……

是不是坏了……

喂:110吗?

什么事??

没事!我试下我家新电话……

要不要过来坐坐……

不用了,谢了啊……

而我在学校也可以炫耀自己家是有电话的了！！

猜猜我家电话是多少！！

以后和你划清界限！！

于是每次写同学录的时候，
总是把自家电话号码写得特别大……

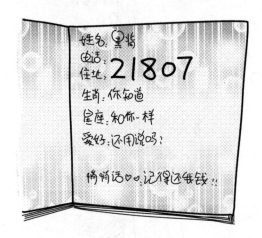

姓名：黑酱
电话：
住址：21807
生肖：你知道
星座：和你一样
爱好：还用说吗？

悄悄话◇◇记得还我钱！！

就怕别人不知道他家电话……

同学录

我记得我家安装电话后，牛了很久呢。就像祥林嫂一样，我见人就说："我家安电话了"。——优哉优哉

从此,每遇到同学总是很得意地问……

你家电话多少?　　我家没装……

我家电话是21807!!

记得有时间打给我啊!!

你叫我拿什么打……

你个倒霉孩子,家里有个电话恨不得开记者招待会! ——小肥牛儿

而我身上也从此多了一个电话簿……

哇!电话簿.给我看~!!

嘿~!!

翻

翻

从头翻到尾.上面除了你家的电话
就是110电话……

虽然上面的号码少得可怜!但是却很得意.!!!

你在哪儿啊??

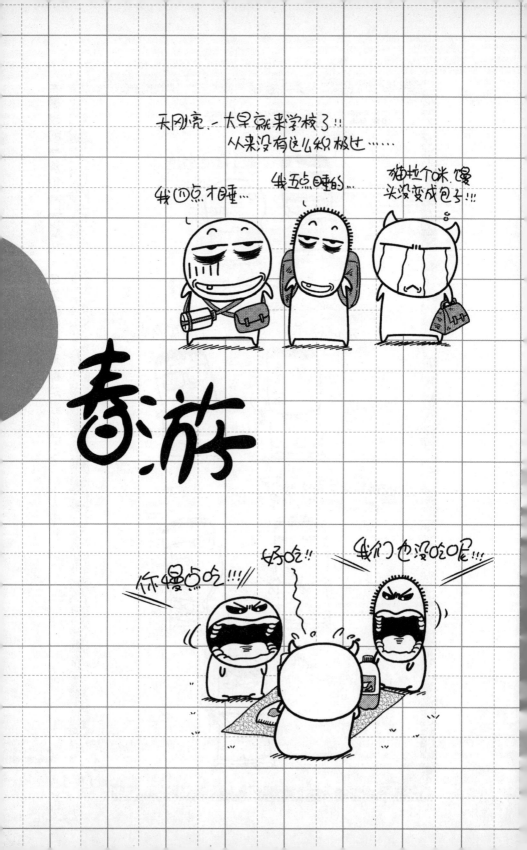

为春游兴奋是因为不用上课，而且有很多好吃的，嘎嘎！——军胖

小时候上学最期待的是寒暑假和春游！
每当快到春游的日子，就开始莫名地兴奋!!

快到春游的时间啦 !!

而在这里面流传最多的就是春游的日期!!

内部消息！后天春游！
绝对可靠!!!

你都八次内部消息了……
没一次准的……

当老师宣布具体日期的时候，
班级里就会像炸开锅一样热闹！！！

万岁！！

其实那个时候春游也就是爬山，或者去名胜古迹玩，
真的很怀疑去名胜古迹是不是学校领导的主意

这些地方我都没去过…

这些地方还是等您出差再去吧…

校
长

好像好像！那种心情一模一样！——

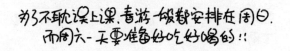

为了不耽误上课，春游一般都安排在周日，而周六一天要准备好吃好喝的！！

看我带的好吃的！！　　汽水！午餐肉…　　好有钱……

你带的是什么？？　　　老爸自己做的汽水……

小彪你呢？？　　　　　　　　　　　馒头……

在春游的前一天，最关心的就是第二天千万不要下雨……

神哪！明天不要下雨……

神哪！把我的馒头换成包子吧……

那时候的心情是无法形容的快乐，只是那时还不懂得失眠！——伊伊

神哪！不要下雨！！！我给你磕头啦！！！

那份心情绝对是现在任何一件事都无法带来的。

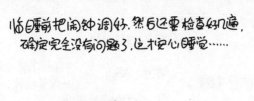

临睡前把闹钟调好，然后还要检查好几遍，确定完全没有问题了，这才安心睡觉……

千万别不响……

响不响自己看着办!!

上了床就开始失眠……没法子，太激动了……

这锤子画得太绝了！——萍萍

好一个一字长蛇阵，是去打仗吗？——小地主的梦想

天刚亮，一大早就来学校了！！从来没有这么积极过……

我四点才睡…

我五点睡的…

猫把个咪，馒头没变成包子！！！

出发前老师会交代注意事项和个人安全问题！！！

然后就浩浩荡荡地出发了！！！

同学们，唱支歌吧！！

在距我们县城十九公里的地方有座山，名为：菩提寺，据说是菩提老祖修练的地方……

菩提本无根，明镜亦无台！

菩提本无树!!! 老子亦有根!!!

菩提老祖

这次春游的目的地就是菩提寺！十九公里的路程全靠双脚……

菩提山

老师们倒轻松！都骑着自行车……

前面出车祸了!!

谁叫他们骑自行车……

春游

111

虽然学生们没有自行车，但是也不觉得累！

马上就到了！！！

好激动！！

兴奋中……

有的同学已经开始吃东西了……

我恨馒头……

那山好个性的，长自己的山，让别人爬去吧！——豆芽

早上7点出发！长途跋涉4个小时！终于来到了山下……

菩提山

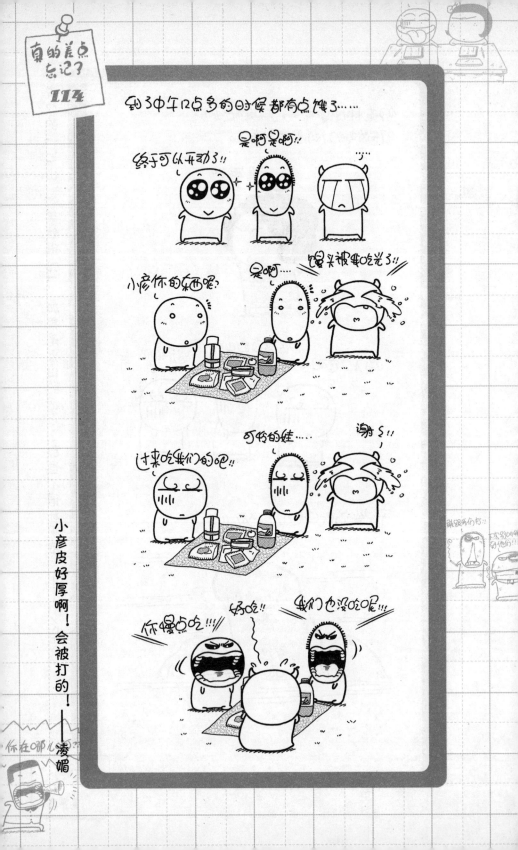

差不多玩到下午三点的时候就开始集合了!!

这日 赶马猴呢还是要马猴呢……

这时候，有的家长也陆续来接孩子了……

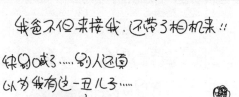

自然课

自然课在我们那里是从小学三年级开始有的!

我喜欢上痔男课!!

是自然,不是痔男·····

zh.z不分
r.n不分

最初的自然课讲的是天气知识!
其实就是认识一些气象符号!

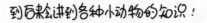

到后来会讲到各种小动物的知识！

这个关于鸡的交配啊！其
实是很神奇的！！它和人的
交配是完全不一样的……

我想转校……

最近有偷窥狂出没！
多加小心！！

据说是个自然老师…

大花

小凤

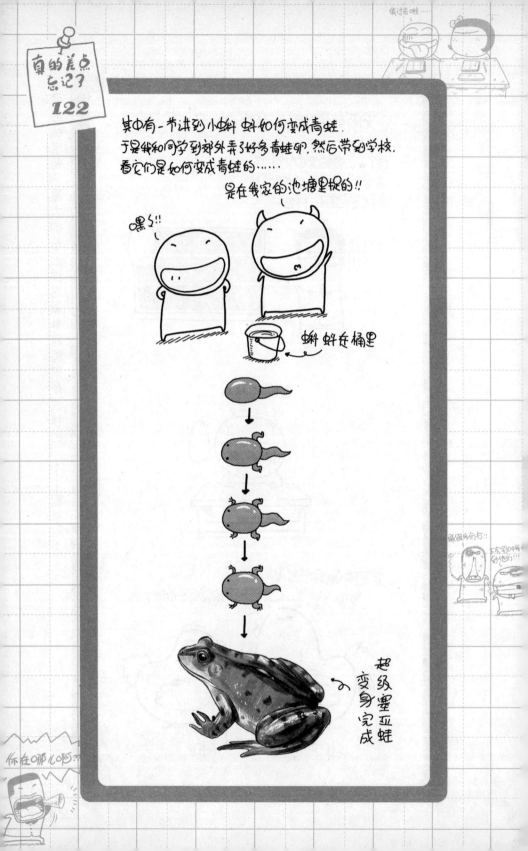

过了一段时间，对这东西也不感兴趣了……
于是就丢在教室后面的角落里了……

又过了一段时间，教室里青蛙大泛滥……
（绝对没有夸张）

今天不把青蛙捉干净，
都别想给我回家！！！

青蛙是益虫，请不要吃它：包括牛蛙！！

我想吃田鸡腿！！ 绝对不行！！

手工课

手工课有一节是教织毛衣的！
于是同学们都从家里带来了毛线和针…

女生手巧，很快就掌握了其中的诀窍！
男生手笨！怎么也弄不了……被女生鄙视了一把…

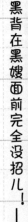

黑背帮我钉扣子…   现在的女人啊…

音
乐
课

音乐课也是女生的强项！
每次跑调最厉害的就是男生……

再唱一个字!马上
开除你们俩!!!

校长

小学的时候有一首歌叫《粉刷匠》！
刚好那天我生病了,音乐课没有上,放学后
小彦带着老师交给的任务来我家教我唱……

老爸正在备课

我是一个
粉刷匠!!

结果可想而知了……俩跑调大王 ||||

好在老爸了解点音乐，
家里也有电子琴。
于是老爸对着五线谱弹奏
教我和小亮……

魔音三人组……

雪花那个飘啊……
乌鸦那个飞啊……

你在哪啊啊？？

蓝

美术课

至于美术课嘛，这是我的强项!!

大作完成!!!

每到上美术课的时候，全班同学都会对我投以钦佩的眼神!!

黑背还在创作!!　天才啊!!　　好厉害!!!

就感觉自己像一个天王明星!
别提心里有多美了!!!

我可是天王明星吧!!
居然叫我拖地??　　　我只数到三!!!

上课……

钓鱼

小时候非常喜欢钓鱼.
　　可是自从钓鱼那天开始到现在.
从来没有钓上来一条体重超过半两
　　或者身长超过五厘米的鱼……

这是什么鱼???

你是怎么上钩的??!!

咳舌自尽吧……

很强吧!能钓到虾米!!!我很不理解啊……

于是我开始改变策略!!!

黑背捉鱼讲座现在开始!!
首先你要准备以下物品:

空罐头瓶

骨头 → 能够放到罐头瓶里! 最好是鸡骨头!!

瓦片 → 能够放到罐头瓶里!

竹竿 → 一米长

绳子 → 粗一点的!!

钓鱼也有土方法！哈哈！——LISA

你在哪呢??

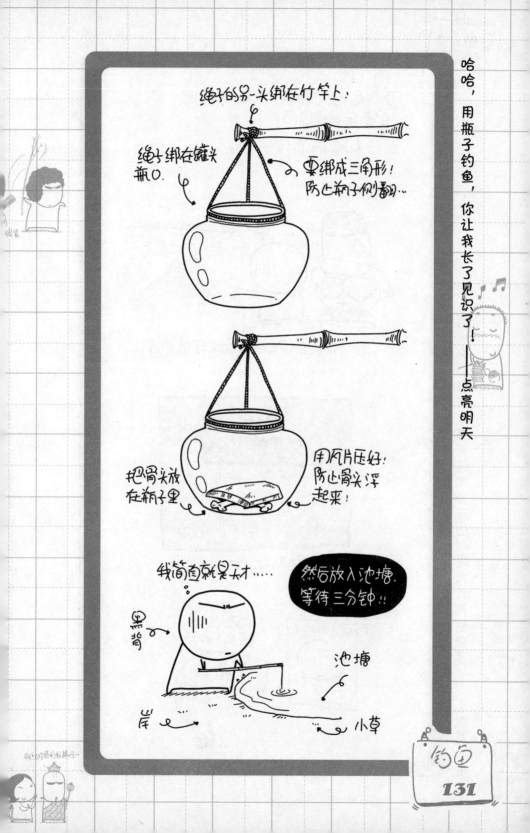

三分钟后猛地将瓶子提出来!!看吧!
里面绝对全是鱼!
鱼的大小要取决于瓶子的大小!!!

你想干吗???

有没有鱼.要取决于你选择的地点……

后来这个方法被人们美名曰.
黑龙罐头捕鱼法
人们竞相模仿.
不久.
我们那里的鱼就绝种了!!!
信不信由你!!O黑S!!

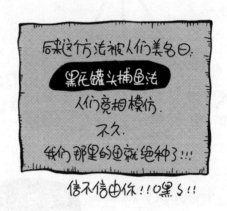

刺杀目标↓

太强大了……
根本不是对手……

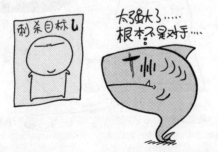

第一次看到这么搞笑的捕鱼方法，黑大太有创意了。——跟着心走

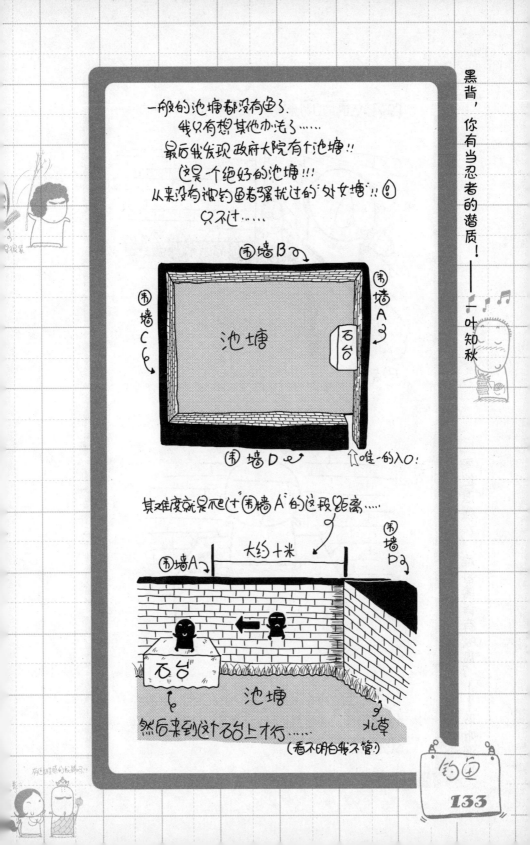

探好地情后，周末我和老李就带上工具来了……

壁虎功

成功登陆……

结果老李这小子不敢过来……但鸡不子不在他那里……于是就叫他拐过来!!结果给拐进池塘里了……靠……

没有鸡儿就不能钓鱼了……
但是已经艰难的过来了！
就不能放弃!! 于是……

希望这些鱼会上当……

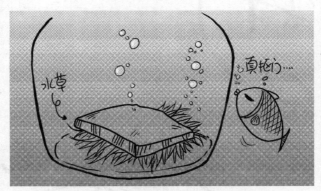

水草

真拖们……

0头!只可惜那些鱼不是老李……没有一条上当……
回去的路上我把老李骂了个狗血喷头 !!!

完

骂得老李『狗血喷头』？黑背嘴里出来的是狗血哈……——朵儿

在我们那个年代出生的小孩子因为各种原因被家长狠揍一顿，简直就是家常便饭……

还是亲生儿子好！
我爸就不打我！！

靠！我也是亲生的！！

但我绝不支持"棍棒教育"！！！
"棍棒教育"有可能会给孩子留下极大的阴影！！

最好的方式应该是通过讲道理，
让孩子自己承认错误！
而并非坚持"棍棒下出孝子"的老传统！！
有时候"传统"并非完全正确……

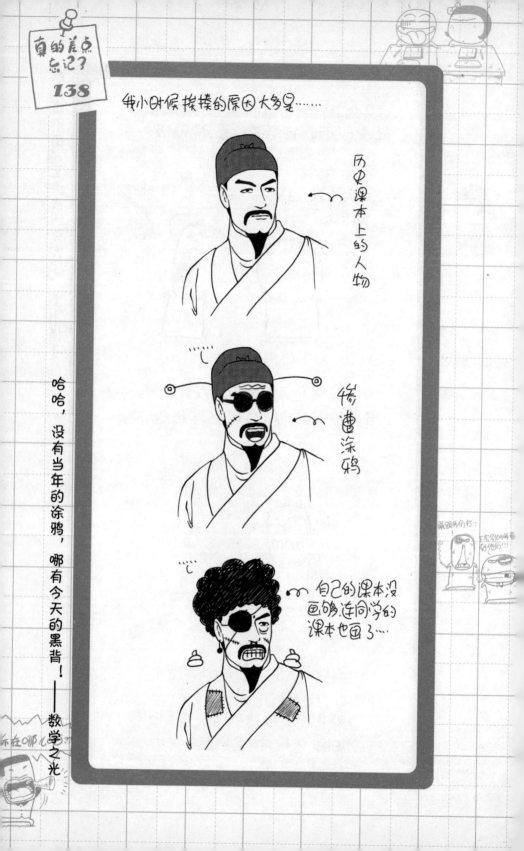

类似的缺心眼儿的事儿，我小时候也干过！——小肥牛儿

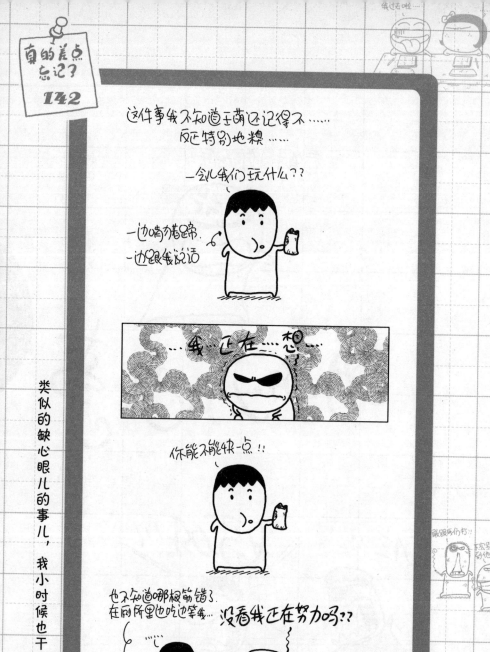

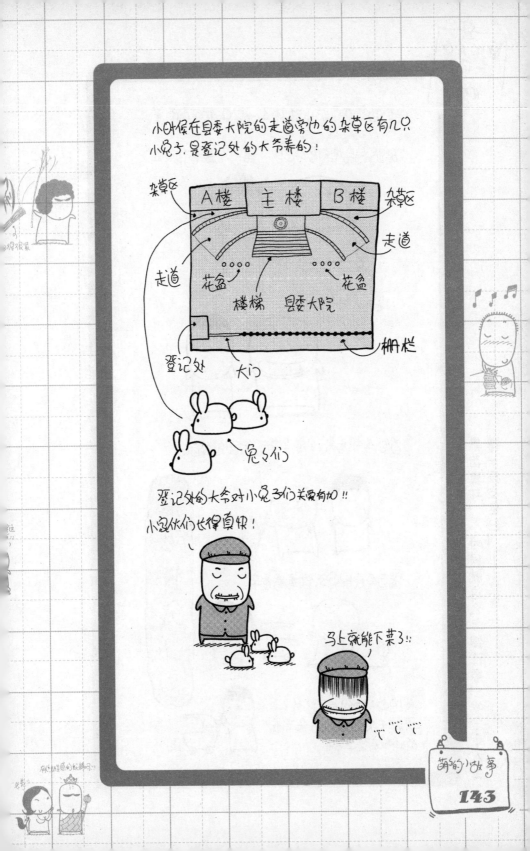

小时候在县委大院的走道旁边的杂草区有几只小兔子,是登记处的大爷养的!

A楼　主楼　B楼　杂草区

走道

走道　花盆　花盆

楼梯　县委大院

登记处　大门　栅栏

兔兔们

登记处的大爷对小兔子们关爱有加!!

小家伙们长得真快!

马上就能下菜了!!

我们当然也喜欢小动物了。于是就和王萌商量：

咱们去偷他的兔子吧！　　　　老家伙看得可严了……

本心人自有妙计！！！

首先，我推着弟弟的童车进去，你跟在我后面。

兔兔作战计划

然后我去捉兔子，你看着童车！

我把兔子放到童车里，为了不引起老头的注意，我先离开，你再推着童车离开！！

黑背真坏，小时候就这么多馊注意！唉……人生得一损友足已！——某黑米

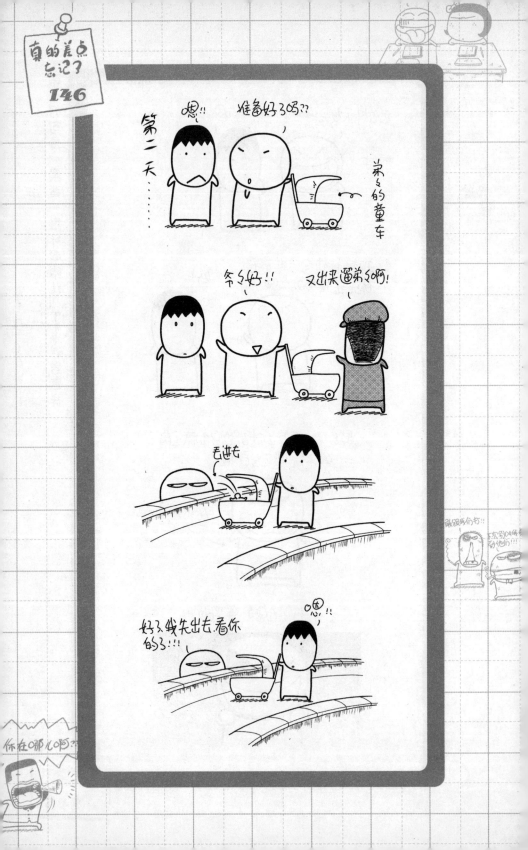

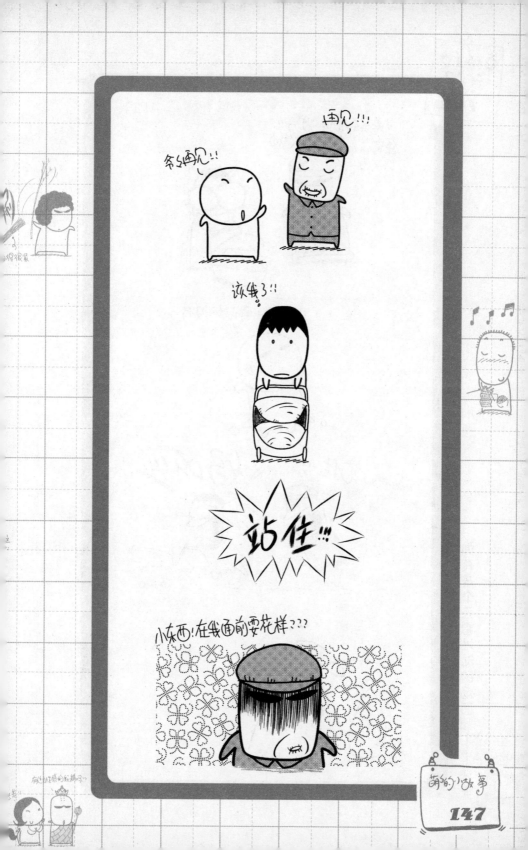

真是明知有危险，偏要下河游！有危险要游，没有危险制造危险也要游！——猫猫

每到暑假开始的时候，老师就会重复一件事……

谁要敢下河**游泳**!!我立刻开除他!知道吗??

暑假作业

知 道!!!

因为学习差，坐在最后一排的坏学生……

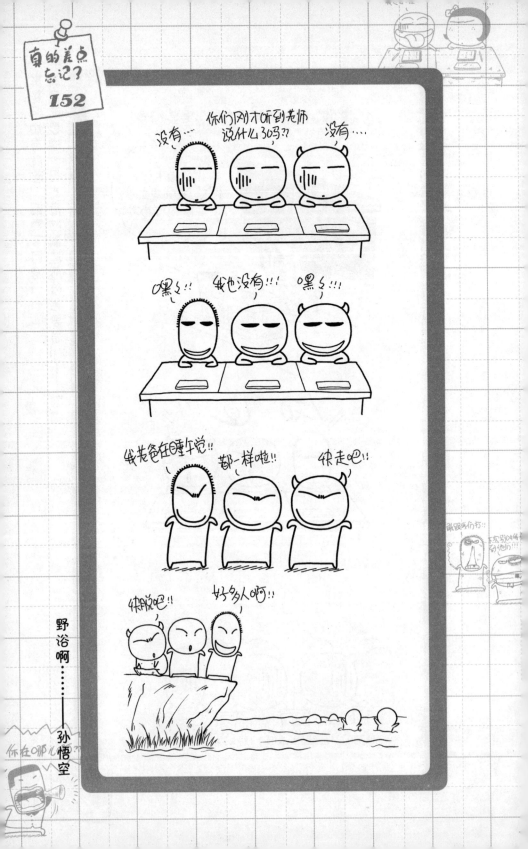

野浴啊……
——孙悟空

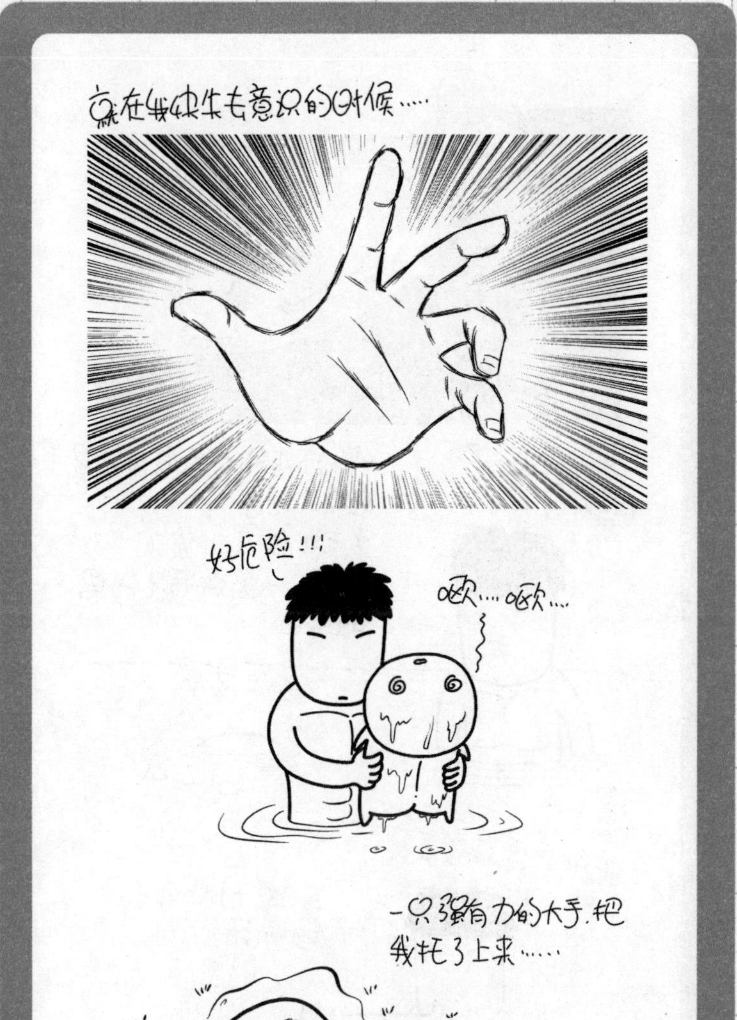

小时候没淹死的人长大了都特聪明，比如黑背……——红烧排骨

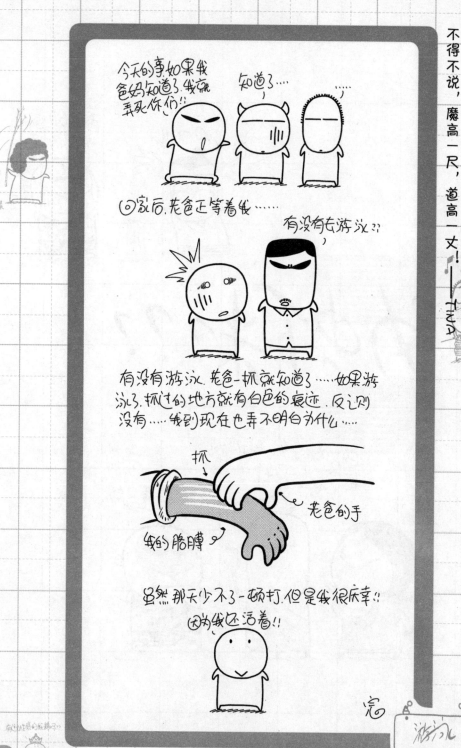

前些时间黑米"蓝雨"在线的QQ空间
提了几个问题.

仔细一看.天哪!!这些问题在我小的时候
也曾经困扰过我……

那么今天.就以我的观点加上个人的YY,
来说一下我认为的答案!!(也许不一定正确哈)

其实这些问题都和我们小时候看的电视有关!
以现在的角度应该叫做 BUG!!
不过有的问题确实很"八哥"……

蓝雨的问题是关于《西游记》的!

　　　　　　嘟嘟嘟!!
　　　　邦 邦邦 邦邦 邦邦……
　　(请联想《西游记》的片头音乐)

1. 为什么猴子被五指山压住的时候
   他不变小出来??

答: 据说如来爷爷在五指山上施了法术!
   如果猴子变小, 五指山也跟着变小!
   猴子变大, 五指山则跟着变大……
   所以猴子变成什么也逃不出来……

那五指山好猥琐……星星

2. 为什么猴哥大闹天宫时无敌！
而取经时却次々搬救兵？？

救命啊!!

我靠!!!

此问题的答案有两个!!

这如果是妹.我把蛋S
抠下来当眼珠!!

长老!! 死秃驴!!!

答案①: 唐僧是个大累赘! 还总是拖后腿……

猴哥难以下手……

答案(二): 取经的时候,遇到的妖怪
不是这个大仙的坐骑,就是那
个圣人的童子……好多人家是
有后台的妖怪!!叫猴哥如何
下手……(见《差点忘记3》第114P)
已出版
真正被猴哥手刃的妖怪只有可怜
的白骨精……谁叫你是个自修成
才的妖怪哩……

这应该叫修炼潜规则吧!——APPLE

哥!你就饶了俺吧……

白骨精

有后台吗??

再投胎记着找个有后台的!!

3. 为什么神仙那么厉害的法宝后来在妖怪手中把猴哥打那么惨. 而最初闹天宫的时候怎么不拿出来??

答案: 当年猴子闹天宫.针对的是玉皇大帝! 又不是针对众神仙. 所以众神仙能不惹事就不惹事.随便在猴子面前虚晃几下. 然后就诈败!!很正常嘛!!

4.既然镇元大仙和观音这么熟，那镇元大仙为什么不知道观音的水可以救活人参果树？

答案：因为以前镇元大仙家的树从来没有遇到这种情况，观音总不会无聊到没事来给他医树吧……

黑哥，很雷很搞哦！不过蛮有创意嘛！——顺便思考

5：玉皇大帝和王母娘々是母子还是夫妻??

是啊！我们到底是什么关系：
这个问题已困扰我很久了…

答案：这个我也不太清楚. 但据我分析.
   也许是上下属关系. 就好像玉帝
   是局长. 王母是主任……
   但也有可能局长和主任本来就是
   一家子的；
   不过也有可能是局长的小蜜……
   谁说主任就不能当小蜜了……

死黑背, 说了等于没说……

看了黑背的分析，我突然觉得西游记越来越像红楼梦了，里面人物的关系好混乱！——小肥牛儿

6：时间问题。猴哥被压了五百年。这五百年是天上的五百年。还是人间的五百年？如果是天上的五百年。但是却是在人间压着。天上一天。地上一年。这猴头犯下那般大过！才被判了五百天？？

到底是500天还是500年？？
我是不是长大多了？？？

答案：猴子确实是在人间压了五百年！而如来在天宫也确实说过压他五百年！！看来如来老爷子把天上一天。地上一年的时间概念给搞错了……

原来我占了大便宜了！！！

一时疏忽……一时疏忽……

你是个猪0阿！羊屎疙瘩脑袋！！

问题和答案都纠结到一块儿了！——萍萍

不过话再说回来了，如果按照天上的五百年来算的话，500年×365天=182500天！！
那么猴子就得在人间压182500年……
这样算来，到了现在，猴子应该还被压在山下，
大伙没事还可以去参观一下……
2009年……

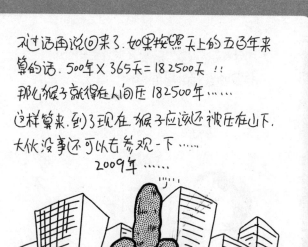

3048年……

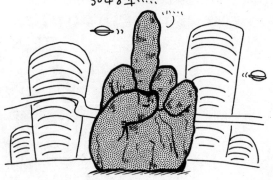

要不要放出来呢？？
三藏已经投胎三千次了……

7. 为什么唐僧每次总是不信悟空的话，
   非要说妖精不是妖精？

有这么性感的妖精吗？？

长老！！

靠！走5
不干了！！

答案：要不怎么能说唐僧是肉眼凡胎呢……
要不怎么能突出悟空的一身好功夫呢……

妖精应该是这
个样子滴！！

靠！！！

长大以后嫁给唐僧。能玩就玩，不能玩就吃掉！——不打呼的猫

8. 猴哥以前在东海想干嘛就干嘛，后来为啥总说自己水性不好??

俺老孙水性不好！你也把他们引上岸来!!

流沙河

答案：以前猴子可是孤身一人啊！
他不下水，谁下水呢??
现在有了猪八戒这个好帮手，
猴子当然不需要亲自下水了!!
再说了，八戒好歹也是掌管八万
水兵的天蓬元帅呢!!

哈5555

死猴子!!我再也不上你当了!!

9. 到底是谁先传出吃唐僧肉
可以长生不老的??

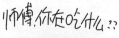
师傅你在吃什么??

答案: 按照正规来说,第一个说吃了唐僧肉
可以长生不老的是黑狐精(白骨精
的军师)!!

听说吃了唐僧肉
就能长生不老!!

好棒!!!!

这种形象的长生不老……!!!

可是问题是,黑狐精也只是听说而已……
那么黑狐精是听谁说的呢???
我个人推测,吃唐僧肉长生不老,纯属谣言!!
那么是谁放出来的谣言呢?? 应该是观音和如来!
他们应该是打着长生不老的幌子引妖怪出来,
而后将其歼灭!!如果没有长生不老的吸引点,
有哪个妖精愿意和孙大圣拼命呢??
所以说,观音和如来才是制造谣言的人!!!

10. 神仙可以长生不老. 那么太上老君的俩童子.
为什么还要傻乎乎地下凡做了金角和银角……
然后再捉唐僧吃. 借此长生不老?

答案: 也许这俩想过"只羡鸳鸯不羡仙"的日子……

为了"友情"宁可放弃天上的长生不老!!
只不过下凡以后. 才知道人生短暂. 于是就
想吃唐僧肉. 过上"羡鸳鸯也羡仙"的日子!!

嗯，这解答的还真是有特色。——幽寒羽衣

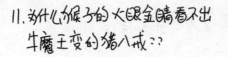

12. 孙悟空是不是暗恋唐僧？

答案：这种问题你都能想得到……川

我的理解是：悟空被压五行山下，

幸得唐僧才能脱离苦海！

而悟空又是有仁有义的美猴王，

他对唐僧完全是出于救命之恩！！

而非你所想的"暗恋"……

13. 悟空从来没上过学, 没读过书, 为什么张口这么
多"俗话说…""常言道…"
等一大堆的书之理论??

俗话说得好：
不看黑背漫画, 有碍健康!!

广告油子

答案：这些"俗话说""常言道"等书论在
《西游记》原著里是没有的!!
而电视《西游记》里的悟空, 是为了
增加其人性化的一面, 于是导演就
让他俗语一大堆了……

在遥远的马勒戈壁!
有一只神奇的草泥马!!

你他娘的
太低俗了!!!

14. 在最后取经书的时候那俩看经书的和尚
    向唐僧他们要好处，唐僧把紫金钵盂给
    他们了，特别地心痛……
    那么悟空为什么不变一个给他们呢？

我的钵盂啊!!

师傅，钵盂在这里，他们拿的是痰盂……

答案：也许如来老爷子在大雷音寺没有
      结界，什么法术在这里都不起作用!!

听说这钵盂是紫金做的!!

晚上盛粥喝!!

结语

感谢黑背为我们保存了一份每个人的回忆。虽然结束了，但是我会更加支持黑背，希望你为我们创作出更多更好的漫画。——梦眼

每当我们回忆起童年的时候，
首先想起的是童年的美好！！
而童年时期那些不开心的事，
仿佛也觉得很有意思！！

如今我们长大了，
我们拥有自己的汽车，
拥有自己的房子，
但是却怎么也找不到童年时得到一袋
五分钱的酸梅粉那种激动的心情……

有人说童年对于我们来说已经一去不复返了……
但我却觉得童年的影子一直徘徊在
我们的左右

说真的，很温暖的童年感觉就是在这样的回忆中才最完美！——ManLeef

黑米小锋是一个有家室的男人。

有房、有车、有老婆、有孩子！

但是他仍背着老婆购买自己喜欢的玩具——

变形金钢！

为了不被老婆发现，

他将变形金钢藏在车的最后排，

无人的时候拿出来玩一玩……

这不正是我们童年的影子吗？

如果细心观察，不难发现，

童年无处不在！！

让我们永远保持一颗童心吧！！

谨以此漫画献给追忆童年的兄弟姐妹们！！

黑酱

2009. 3. 29

知道藏玩具了！！
长能耐咯！！

死黑酱……

终

《黑背漫画》出版前的某一天……

越来越多的人都开始喜欢看《黑背漫画》了！！！

黑背机密档案

很快就可以出名了吧……

自恋狂……

绝对不能松懈！！一定要努力画！！！

找资料！！努力！！！

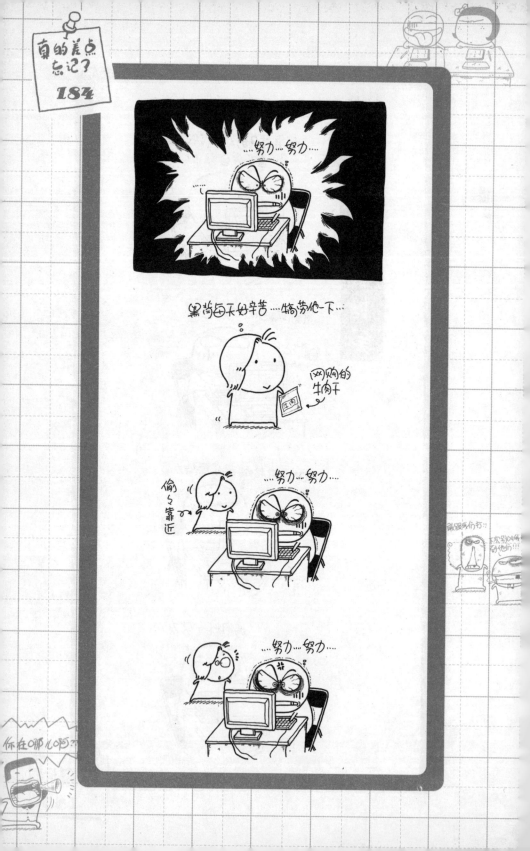

你还真的够努力的……

爆

找得很辛苦啊……
我也帮你找吧……

Google™ [松岛枫 无码] [Google搜索] 高级搜索!
⦿所有网页 ○中文网页 ○简体中文网页

网页　　　　　　　　约有626,000,000 符合

松岛枫 有码

松岛枫写真 有码

松岛枫 AV全集 有码

确实是在找资料……

本来真的是为了找资料,
但不知不觉就开始看
其他的东西了……而且
一看就是几个小时……
(大家也有这种经历吧…)

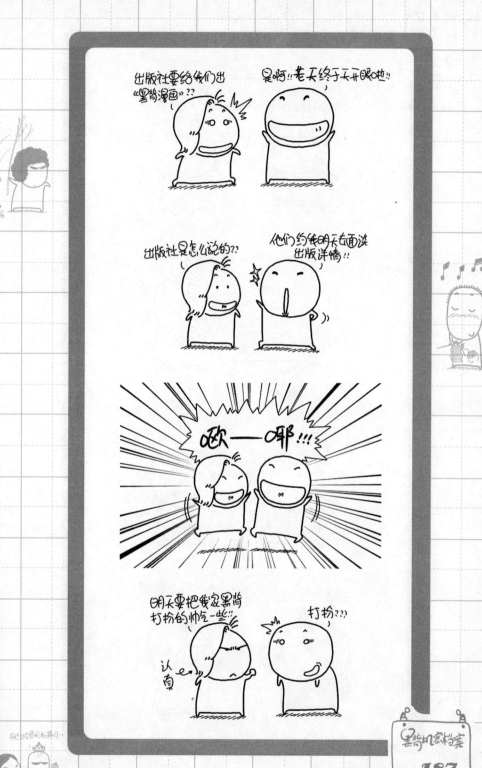

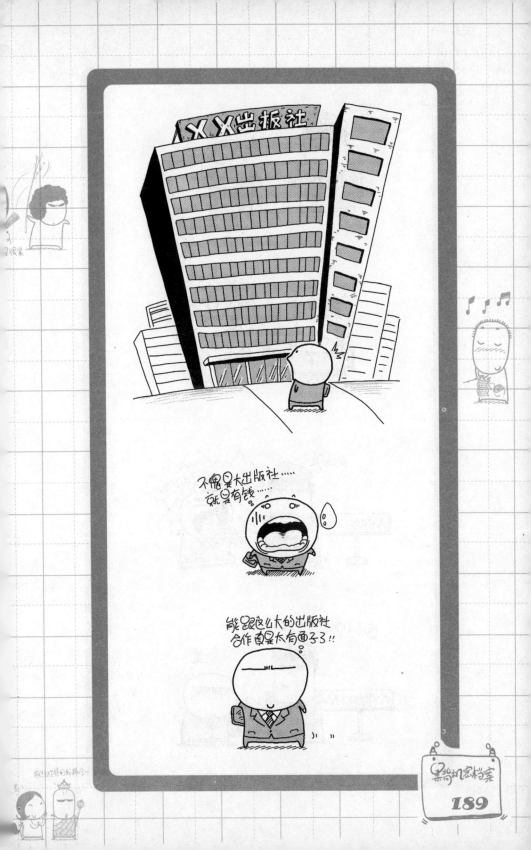

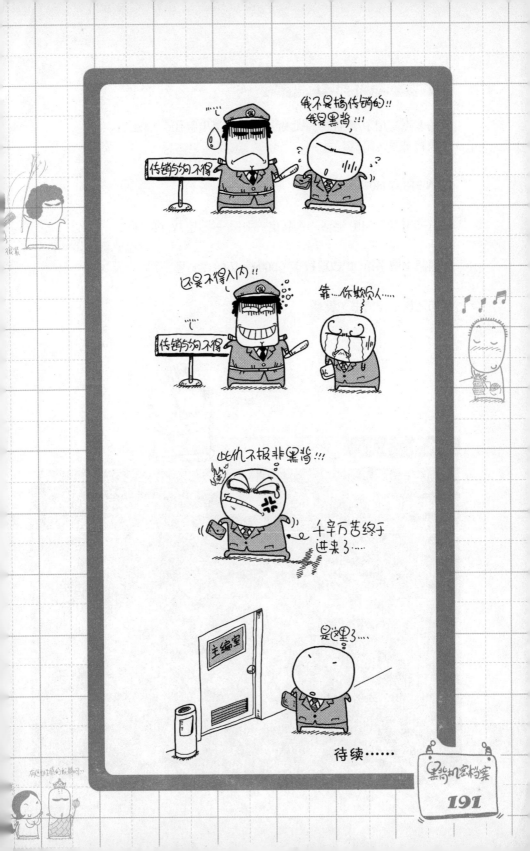

图书在版编目（CIP）数据

真的差点忘记了/黑背绘.—北京：中国画报出版社，2009.6
（黑背书系·第4辑）

ISBN 978-7-80220-508-6

I.真…　II.黑…　III.笑话—作品集—中国—当代　IV.I277.8

中国版本图书馆CIP数据核字（2009）第091206号

上架建议：畅销书·笑话

真的差点忘记了

著　　者：	黑背
责任编辑：	王少娟
特约编辑：	李彩萍
装帧设计：	张丽娜
出版发行：	中国画报出版社
	（中国北京市海淀区车公庄西路33号　邮编100044）
印　　刷：	北京盛兰兄弟印刷装订有限公司
开　　本：	787×1092　1/16
字　　数：	50千字
印　　张：	12

2009年7月第1版
2011年1月第2版第4次印刷
ISBN　978-7-80220-508-6
定　　价：49.80元（全二册）